老子随谈

东山 编著

SPM 南方出版传媒 广东人民出版社
·广州·

图书在版编目（CIP）数据

老子随谈 / 东山编著. —广州：广东人民出版社，2021.12
ISBN 978-7-218-15478-7

Ⅰ. ①老… Ⅱ. ①东… Ⅲ. ①随笔—作品集—中国—当代
Ⅳ. ①I267

中国版本图书馆CIP数据核字（2021）第256825号

LAOZI SUI TAN
老子随谈
东 山 编著

出 版 人：肖风华

责任编辑：范先鋆
责任技编：吴彦斌 周星奎
版式设计：陶潇潇

出版发行：广东人民出版社
地　　址：广州市海珠区新港西路204号2号楼（邮政编码：510300）
电　　话：（020）85716809（总编室）
传　　真：（020）85716872
网　　址：http://www.gdpph.com
印　　刷：广东虎彩云印刷有限公司
开　　本：890毫米×1240毫米 1/32
印　　张：4.5　　字　　数：88千
版　　次：2021年12月第1版
印　　次：2021年12月第1次印刷
定　　价：32.00元

售书热线：（020）85716826

序

老子，春秋楚国人，姓李，名耳，留世有五千言，普遍名为《老子》。老子创立的道德文化开始并没有得到当时社会的认可和接受，经过几百年的风风雨雨，才被后来的王室重新整理和研究，并发扬光大，之后才形成了道德文化。道德文化对王朝的发展有深刻的影响，被篡改后的《老子》对后来所谓的诸子百家也产生了深刻的影响，甚至由此产生了愚民政策和文化，对于社会的发展是消极的，严重制约了社会的发展，但是无论如何，道德文化和消极文化一并存在并延续着，一直到现在。

老子是公认的“百家之祖”，他是一位伟大的思想家、哲学家、道家学派创始人，被誉为“东方巨人”。他的著作在中国乃至世界思想史、文化史、宗教史等方面都留下了浓墨重彩的一笔。老子的《道德经》是名副其实的经典。

一九七三年，马王堆汉墓出土的帛书《老子》，给几千年来的老学研究带来了新的契机。

在当前，老学焕发新生，“道”“德”复兴，少儿经典阅读兴起，甚至世界范围内出现老学热潮。探索老子学说的真正意境和深刻内涵，是众多有识之士的共同心愿。

《老子随谈》出版之际，在此，愿它能为中华传统文化研究添砖加瓦！它试图用通俗和简练的言词来解析文章主旨和意境，将老子的五千言重新展现在大家面前。

本书注重通俗易懂和整体意境，不建议去纠结词语和符号的个别或微小差异。书中的《道德经》原文以其帛书版本为参照，去除了原先流传的诸版本中的标题，因为传世的版本诸多，各版间有不少差异。

建议读者在阅读理解的时候连贯通读，不要分段，这样更有助于理解《道德经》主旨意境，分段的序号或章节顺序只是为了方便古文与解读互相对照。

目录

壹 《老子》通译

道经

德经

贰 与友人论

叁 诗集

壹
《老子》通译

第一章

道，可道也，非恒道也。名，可名也，非恒名也。无名，天地之始也；有名，万物之母也。〔故〕垣无欲也，以观其妙；恒有欲也，以观其所徼。两者同出，异名同谓，玄之又玄，众妙之〔门〕。

注：原文参照帛书甲本；补文用〔 〕标示，参考帛书乙本。

解读

道是可以教授的道，不是不变的一个道。名是可以教授的名，也不是不变的一个名。虚无就是天地万物的开始，从无到有，万物生长。所以永远没有欲望的道，可以观察它的微妙处；永远有欲望的道，可以观察它的动静。这两个道出处相同，名字不一样，却都是道。由奥妙中产生的奥妙，是众多奥妙的法门。

第二章

天下皆知美为美，恶已；皆知善，斯不善矣。有无之相生也，难易之相成也，长短之相形也，高下之相盈也，音声之相和也，先后之相随，恒也。是以圣人居无为之事，行〔不言之教。万物作而弗始〕也，为而弗恃也，成功而弗居也。夫唯居，是以弗去。

解读

天下的人都明白美是美的，丑就产生了；都知道善良是善，恶就诞生了。所以说，有和无是相生的，难和易是相成的，长和短是相形的，高和低是相盈的，音和声是相和的，先和后是相随的，它们都是恒常的！所以，圣人清静无为，实行没有争论的教化，万千事物蓬勃发展，不会有不良的变化。解决不良的事物而不显恃自己，成功了而不会自居，正由于他不自居，所以他的功劳不会失去。

第三章

不上贤，〔使民不争。不贵难得之货，使〕民不为〔盗。不见可欲，使〕民不乱。是以圣人之〔治也，虚其心，实其腹，弱其志〕，强其骨。〔恒〕使民无知无欲也。使〔夫智不敢，弗为而已，则无不治矣〕。

解读

不推崇贤能的人，让民众不为之而争荣。不抬高稀有难得的商品价格，使人民不为之而盗窃。不显耀足以引起欲望的事物，让民众清净的心思不被扰乱。因此，圣人治理天下的方法就是净化人民的心思，满足人民的温饱要求，淡化人民争逐名利的志气，增强人民的体质。永远使人民没有政治知识和不必要的欲望，使有机智的人不敢乱为。实行这种无为的政治，天下就没有治不好的！

第四章

〔道盅，而用之又弗〕盈也。渊呵，似万物之宗。挫其，解其纷，和其光，同〔其尘〕。〔湛呵似〕或存，吾不知〔其谁之〕子也，象帝之先。

解读

天道的空虚深含人之道，无法用穷尽，真的渊深啊，乃万物的根本。收敛它的锐气，理解它的纷扰，协和它的真理，感同它的尘俗。真的清澈啊！很像是存在的，我不知道它是谁之子，像是天帝出现之前就已经存在了的。

第五章

天地不仁，以万物为刍狗；圣人不仁，以百姓〔为刍〕狗。天地〔之间，其〕犹橐籥与？虚而不屈，动而愈出。多闻数穷，不若守于中。

解读

天地不仁，就把万物当作祭祀用的刍狗一样对待；圣人不仁，就把百姓当作祭祀用的刍狗一样对待。在天地之间，你不就像个风箱吗？当中虽然是空的，但是生生不息，发动起来便不断地出风。太过博学多闻反而扰乱心神，不如秉持中道，守正不移。

第六章

谷神〔不〕死，是谓玄牝，玄牝之门，是谓〔天〕地之根。绵绵呵若存，用之不勤。

解读

生育之神不死，这个深不可测的道体是永恒存在的。这就是深含义的生殖系统，这个深含义的生殖之门就是天地的根源。它自然地永不停息啊，存在着，似乎用之不尽。

第七章

天长地久。天地之所以能〔长〕且久者，以其不自生也，故能长生。是以圣人退其身而身先，外其身而身存。不以其无〔私〕与？故能成其私。

解读

天地长久。天地之所以能够长久，靠的是它不是为自己而生存，所以能够长生不老。因此，圣人学习天地，遇到好处把自己摆在后面，反而会占先；遇到困难，把自己置之度外地去解决，反而能够保全。这不正是由于他不自私吗？这反而成全了他的私。

第八章

上善似水，水善利万物而有静。居众之所恶，故几于道矣。居善地，心善渊。予善，信，政善治，事善能，动善时。夫唯不争，故无尤。

解读

行善道如同治理自然中的水一样，水善于滋养万物而没有一点动静，它总是安身在众人都不愿去的低洼之地，所以这种品格才最接近于道。要将自己禁锢在底下的位置，心要像深渊一样深邃清澈，言行做事要讲究诚信，治理事物要廉洁公正，这样所做的事就都能够成功，按约赴会要守时。只要自己像水那样与物无争，必然没有忧虑。

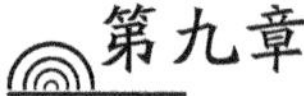

第九章

持而盈之，不〔若其已。揣而〕锐□之，〔不〕可长保之也。金玉盈室，莫之守也。贵富而骄，自遗咎也。功遂身退，天〔之道也〕。

解读

把持道的人想要圆满，不如自己罢手不干。执意地提高成度，难能保持长久；金玉堆满了屋子，没有人能一直守住。如果富贵而娇纵就会自招灾祸；事业成功之后，就该隐退，这就是天地的法则。

第十章

〔载营魄抱一，能毋离乎？抟气致柔〕，能婴儿乎？涤除玄鉴，能毋疵乎？〔爱民治国，能毋以智乎？天门启阖，能为雌乎？明白四达，能无以知乎？〕生之畜之，生而弗〔有，长而弗宰也，是谓玄〕德。

解读

他带着另一个魂魄，和那个灵魂之间能不分离吗？他聚集修养精气，柔弱和顺，能像孩童的浑真吗？洗净心镜，他的内心能没有瑕疵吗？爱戴自己的人民，以道治理国家，他能去智返璞吗？人的知欲之门被打开，能安然不动吗？他有心如明镜的大智慧，能没有明悟吗？生养了万物而不据为己有，为万物尽了力而不显恃其能，助万物成长而不主宰它们，这就是最深含义的大德。

第十一章

三十〔辐同一毂，当〕其无，〔有车〕之用〔也〕。埏埴为器，当其无，有埴器〔之用也。凿户牖〕，当其无，有〔室之〕用也。故有之以为利，无之以为用。

解读

三十根辐条拱卫着一个毂，毂有了中间的空处，才能装进车轴使车轮有转动的用处；拍击陶土泥制成器物，器皿留有中间的空处，才有盛放物品的用处；开凿门窗，凿空内部空间才有让人出入和居住的用处。所以说，有作为实体给人提供利用，要靠无来发挥作用。

第十二章

五色令人目盲，驰骋田猎使人〔心发狂〕，难得之货使人之行妨，五味使人之口爽，五音使人之耳聋。是以圣人之治也，为腹不〔为目〕，故去彼取此。

解读

华丽的服饰容易使人用眼睛去欣赏，骑马驰骋于旷野容易使人心发狂，难得的物品容易使人四处寻访买卖，香美的食品容易使人的味蕾受到刺激，美妙的音乐容易使人的耳朵蒙迷。因此，圣人治理国家只求内在的饱腹，而不为外在的赏悦享受，所以取前者而舍后者。

第十三章

宠辱若惊，贵大患若身。何谓宠辱若惊？宠之为下。得之若惊，失〔之〕若惊，是谓宠辱若惊。何谓贵大患若身？吾所以有大患者，为吾有身也；及吾无身，有何患？故贵为身于为天下，若可以托天下矣；爱以身为天下，如可以寄天下。

解读

人宠辱都会惊恐，重视祸患如同重视自己的身体一样。什么是宠辱若惊？被宠的是下级之人，人们得到它会为之惊喜，一旦失掉，为之惊惧，这就叫作宠和辱都使人惊心。什么是重视祸患如同重视自己的身体一样？我之所以有患得患失的大忧虑，是因为我只顾自身，如果我麻木或者不顾自身，我还会有什么忧患呢？所以，最好全身心地去为天下人做事，这样才可以把天下托付与他；在治理天下过程中全身心投入的人，可以将天下的重任交给他。

第十四章

视之而弗见，名之曰微。听之而弗闻，名之曰希。捪之而弗得，名之曰夷。三者不可致诘，故混〔而为一〕。一者，其上不皦，其下不昧，寻寻呵不可名也，复归于无物。是谓无状之状，无物之〔象，是谓忽恍。随而不见其后，迎〕而不见其首。执今之道，以御今之有，以知古始，是谓〔道纪〕。

解读

眼睛看不见叫作“微”，耳朵听不到叫作“希”，手摸不到叫作“夷”。这三种状态无从下手追究，所以往昔本来是混而为一不可分的。它在上方不清晰，它在下方从来不会昏暗。到处去寻觅它啊，没办法给它起名字，重新回到什么都没有的状态。这叫没有形状的外形，也没有什么物质的模样，这叫作恍恍惚惚而什么都望不到。追随它却看不见它的后面，迎面接它却看不见它的前面。但是，只要掌握住这个自古相传的道，运用它的定律指挥现存的一切具体事物，就可以推知“道”在远古的开始处，那就是道的纪元！

第十五章

〔古之善为道者，微妙玄达〕，深不可识。夫唯不可识，故强为之容。曰：豫呵其若冬〔涉水。犹呵其若〕畏四〔邻。严呵〕其若客。涣呵其若凌释。敦呵其若朴。混〔呵其若浊。旷呵其〕若谷。浊而静之徐清，安以动之徐生。保此道不欲盈，夫唯不欲〔盈，是以能敝而不〕成。

解读

古时候善于为道的人，微妙渊深而通达，深藏到一般人不可理解的程度。正因为他不是一般人所能理解的，所以，勉强对他加以描述，说：他犹豫啊，如同冬天过河一样；他一定会反复考虑啊，如同害怕邻国围攻一样而慎重行事；他恭敬严肃啊，如同作为客人；他洒脱无拘啊，宛如春冰融化于水泽；他纯洁啊，像未经雕刻的原木一样朴实无华；他身处俗世，与物随和；他的气量包容一切啊，像山谷江湖一样，什么都能通达。谁能在浑浊中逐渐返回清净廉明的状态？谁能持重守真以孕育新的生机？坚守保持这种道的人不会过度。圣人不会过度，所以能够功成而身退。

第十六章

致虚极也，守静笃也，万物并作，吾以观其复也。夫物云云，各复归于其〔根。归根曰静〕，静，是谓复命。复命常也，知常明也；不知常，妄，妄作，凶。知常容，容乃公，公乃王，王乃天，天乃道，〔道乃久〕。没身不殆。

解读

尽量使自己的心灵排除杂念，能达到虚空洁净的极点。守住情绪不动，达到顶点。万千事物竞相生长，我能够观察它的往复运动。天下万物芸芸众生，都会各自恢复和回归到它原来的状态，这就叫“静”，静就是所谓“复命”，复命就是常态，知道平常就叫“开明”。不知道平常的道理，就会无知妄为地逞凶作恶。要知道平常也是一种包容，能够包容就能大公无私，大公无私就能使天下人心归从，天下归从才能符合自然的天理，符合自然的天理，才能符合道，符合了道，才能够长久，这样至死也不会有危险。

第十七章

太上，下知有之。其次，亲誉之。其次，畏之。其下，侮之。信不足，案有不信。〔犹呵〕，其贵言也。成功遂事，而百姓谓我自然。

解读

最好的统治者，他下面的人知道他的存在。再低一层级的，臣子称赞他。再低一层级统治者，臣子敬畏他。再差一点的统治者，人们会辱骂他。他失信于人，人们就不再信任他。他谨慎说话，事事都能顺利成功办好，而各地区的百姓就会都说一切都是自然而然的。

第十八章

故大道废，案有仁义。智慧出，案有大伪。六亲不和，案有孝慈。邦家昏乱，案有贞臣。

解读

所以，大道废止不用，仁义才会出现。智巧出现，伪诈也就随之出现。亲戚家人不和睦，孝顺和慈爱之名才诞生。国家一派乱象，才会有正直的贤臣显现。

第十九章

绝圣弃智，民利百倍。绝仁弃义，民复孝慈。绝巧弃利，盗贼无有。此三言也，以为文未足，故令之有所属。见素抱〔朴，少私而寡欲。绝学无忧〕。

解读

与圣明断绝，抛弃智慧，人民就能得利百倍。与仁断绝，抛弃大义，人民才能返回到本有的孝慈状态。与巧计断绝，抛弃私利，盗贼才能消灭。此三条原则还有所不足，所以，另外有所内容：崇尚简朴、浑朴，减少私心压抑欲望，绝弃学问便可无忧。

第二十章

唯与诃，其相去几何？美与恶，其相去何若？人之〔所畏〕，亦不〔可以不畏人。望呵，其未央哉〕！众人熙熙，若飨于大牢，而春登台。我泊焉未兆，若〔婴儿未咳〕。累呵，如〔无所归。众人〕皆有余，我独匮。我愚人之心也，沌沌呵。俗〔人昭昭，我独若〕昏呵。俗人察察，我独闷闷呵。忽呵，其若〔海〕。恍呵，其若无所止。〔众人皆有以，我独顽〕以俚。我欲独异于人，而贵食母。

解读

应诺与斥呵都是一种声音，起初只有恭、慢之分，能有多少差别？善恶之分，这相差该有多大？人民所怕的，也不能不怕人民，看情形这风气还不知何时方休！众人都喜好乐趣，纵情享乐，游玩春台。我停泊在这里了，还没有任何迹象和征兆，如同还没有成长的孩童。感觉有些疲劳啊！好像无处可归。众人都志得意满，只我自己一个人有所欠缺；难道我有一颗愚笨的心吗？混混沌沌啊，世俗之人都明辨事理，唯独我一个糊里糊涂啊！世俗之人都看事清明，唯独我一个蒙昧！浩浩荡荡啊，这就像大海，看样子仿佛渺无止境。众人都一样，我却独自坚持清醒，我要求自己和别人不同，那是因为我重视“道”。

第二十一章

孔德之容，唯道是从。道之物，唯恍唯忽。〔忽呵恍〕呵，中有象呵。恍呵忽呵，中有物呵。幽呵冥呵，中有情吔。其情甚真，其中〔有信〕。自今及古，其名不去，以顺众父。吾何以知众父之然，以此。

解读

大德的内涵，完全遵从道的定律。道这个东西只能望切，也只能恍恍惚惚。恍恍惚惚，其中有征象啊！恍恍惚惚，它当中有东西啊！顿悟啦，它当中有邀请呢！它的邀请特别真挚，可以验证。从古至今，它的名字永远抹不去，因为万物赖以为生。我是怎么知道的呢？就是通过这个道！

第二十二章

企者不立，自是不彰，〔自〕见者不明，自伐者无功，自矜者不长。其在道，曰余食赘行，物或恶之，故有裕者〔弗〕居。

解读

跷起脚远眺是站不住的，自以为是的人反而不彰，固执己见的人不明白事理，自我夸耀的人没有功德，骄傲自大的人不能长久。这些从道的普遍原则来衡量，就都类似剩饭或者多余的举动。剩饭或者多余的举动难免会被讨厌，所以说就是有欲望的人也不能这样做。

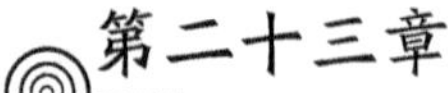

第二十三章

曲则全，枉则正，洼则盈，敝则新，少则得，多则惑。是以圣人执一，以为天下牧。不〔自〕是故彰，不自见故明，不自伐故有功，弗矜故能长。夫唯不争，故莫能与之争。古〔之所谓曲全者，岂〕语哉！诚全归之。

解读

能柔软就能高贵，能委屈就能正直，能处卑下就能充实，能破旧就能立新，能少欲就能得全，多取就会困惑。所以，圣人用道治理天下。不自视甚高就都能明白透彻，不固执己见便可以昭彰，不夸耀自己就是有功德，不妄自尊大就能长久。只有自己不去争，才不会有人能与你争。古人所说的“曲则全”，又怎能是虚言！诚然是这样的。

第二十四章

希言自然，飘风不终朝，暴雨不终日。孰为此？天地〔而弗能久，又况于人乎〕！故从事而道者同于道，德者同于德，失者同于失。同〔于德者〕，道亦德之；同于〔失〕者，道亦失之。

解读

少出声是合乎自然的理智。狂风狂不了一上午，暴雨下不了一整天，谁使它这样呢？天地的狂暴势头尚且不能持久，又何况人呢？所以说，奉道为事业的人就在于使自己与道相同；求德的就在于使自己与德相同；求失的人就在于使自己与失相同。与德相同的人，道也愿意给他德；与失相同的人，道也同样不会让他有德！

第二十五章

有物混成，先天地生。寂呵寥呵，独立〔而不改〕，可以为天地母。吾未知其名，字之曰道。吾强为之名曰大，大曰逝，逝曰〔远，远曰返。道大〕，天大，地大，王亦大。国中有四大，而王居一焉。人法地，地法〔天，天法道，道法自然〕。

解读

有东西混沌无形，在天地以前就已经产生了，它没有任何声响，又空虚无形，不生灭，无增减，永恒不改，可以看作天地万物所由来的母体。我不知道它的名称，给它一个字来表示它，就是“道”。我勉强把它形容为“大”。它广大无边而又包容万物而无痕迹，包容万物而无痕迹又伸向遥远，伸向遥远而又重新返回本原。所以，道是大的，天是大的，地是大的，王也是大的。国中有四个大，而王占其中之一。人取法于地，地取法于天，天取法于道，道取法自然。

第二十六章

〔重〕为轻根，静为躁君，是以君子终日行，不离其辎重。虽有营观，燕处〔则超〕若。若何万乘之王，而以身轻于天下？轻则失本，躁则失君。

解读

重是轻的根本，而静是躁动的主君。因为君子终日行动，不会离开自己载粮的车马，只有做了君主才会超然地安定下来。所以，怎么能会以万乘之主的地位将自己置于天下的低位？不然轻就失去了根本，躁动就失去了主君。

第二十七章

善行者无辙迹，〔善〕言者无瑕谪。善数者不以筹策。善闭者无关钥而不可启也。善结者〔无纆〕约而不可解也。是以圣人恒善救人，而无弃人，物无弃材，是谓袭明。故善〔人，善人〕之师；不善人，善人之资也。不贵其师，不爱其资，虽智乎大迷，是谓妙要。

解读

善于行走的人不会留下踪迹；善于言说的人没有破绽可找；善于运算的人不用筹码计数；善于回避的人不用插门别人也打不开；善于约束的人不用绳索也不可解绑。因为圣人总是善于帮助人，没有遗弃人，物质也没有被遗弃，这叫作睿智。善于用人的人是不善于用人的人的老师；不善于用人的人，是善于用人的人要借鉴的经验和教训。至于那些不尊重老师，也不借鉴别人经验与教训的人，虽然自以为很聪明，其实是糊涂至极，只有懂得这些而又不去想它，才是其中的奥要所在。

第二十八章

知其雄，守其雌，为天下溪。为天下溪，恒德不离。恒德不离，复归婴儿。知其荣，守其辱，为天下谷。为天下谷，恒德乃〔足〕。恒德乃〔足，复归于朴〕。知其，守其黑，为天下式。为天下式，恒德不忒，恒德不忒，复归于无极。朴散〔则为器，圣〕人用则为官长，夫大制无割。

解读

深知自己是雄强的，却自居于雌柔的地位，甘愿处于天下的卑下地位。甘愿处于天下的卑下地位，原有的德性就不会离散。原有的德性不会离散，就会复归到孩童的浑真。知道自己的荣耀居守于卑微，甘做天下的谷地，原有的德性才能保持充足，德性充足，就会复归上古的纯朴。知道是非黑白，却坚守混沌，甘做天下的范式。甘做天下的范式，原有的德性就不会有差失，没有差失，就复归到最终的真理。道散而为万物，圣人因此成为君主，统治天下以制万物，无为而治。

第二十九章

将欲取天下而为之，吾见其弗〔得已。夫天下神〕器也，非可为者也。为者败之，执者失之。物或行或随，或嘘或〔吹，或强或羸〕，或培或堕。是以圣人去甚，去泰，去奢。

解读

想要治理天下而强行去做，我预见他是达不到目的的，天下是神器，是不能强行统御的。强行统御的，最后会失败；用力把持的，最后会失去。一切事物的秉性不同，有的前行，有的后随，有的性急，有的性缓，有的强悍，有的柔弱，有的自爱，有的自毁。因此，圣人不应贪得无厌、私欲无止、贪图荣华富贵。无为而治，天下归安。

第三十章

以道佐人主，不以兵〔强于〕天下，〔其事好还。师之〕所居，楚棘生之。善者果而已矣，毋以取强焉。果而毋骄，果而勿矜，果而〔勿伐〕，果而毋得已居，是谓〔果〕而不强。物壮而老，是谓之不道，不道早已。

解读

用道辅佐人君的人，不要用军队强夺天下，用兵这样的事最容易遭到报应，军队驻扎的地方荆棘丛生。善于用兵的人达到禁暴济乱的目的就可以了，不应该逞强于天下。

有了结果不要骄傲，有了结果不要放纵武力，有了结果不要自夸功绩，使用武力是不得已而为之，不要逞强欺凌弱小。事物强壮之后就会变衰老，这不合于道，不合于道就会提早灭亡。

第三十一章

夫兵者，不祥之器〔也〕。物或恶之，故有裕者弗居。君子居则贵左，用兵则贵右。故兵者非君子之器也，〔兵者〕不祥之器也，不得已而用之，恬淡为上。勿美也，若美之，是乐杀人也。夫乐杀人，不可以得志于天下矣。是以吉事上左，丧事上右。是以偏将军居左，上将军居右。言以丧礼居之也。杀人众，以悲哀莅之。战胜，以丧礼处之。

解读

用兵打仗这样的事，可是不吉祥的事物。万事万物都憎恶它，所以，有道者禁而不用。君子平时以左为贵，打仗时以右为上。所以，战争不是君子的工具。战争是个不吉祥的工具。在万不得已的时候才会用它，也要以恬淡不争之心为上。战争并非美事，如果以此为美，那就是喜欢杀人之人，喜欢杀人的人，就不会得志于天下。吉庆的事应该以左为上，凶丧的事应该以右为上，军中偏将军在左边，统帅上将军在右边，是说要用丧礼来对待此事。杀了人家的兵众，以悲哀的心情来处理这样的事。战胜对方，要以丧礼的方式对待这样的事。

第三十二章

道恒无名，朴虽〔小，而天下弗敢臣。侯〕王若能守之，万物将自宾。天地相合，以雨甘露，民莫之〔令而自均〕焉。始制有〔名，名亦既〕有，夫〔亦将知止，知止〕所以不〔殆〕。譬道之在〔天下也，犹小〕谷之与江海也。

解读

道是永远没有名字的，朴素，虽渺小，但天下没有谁不以道为主。王侯如果能守道无为，万物将会自动地顺服。天气和地气相合便降下来甘露，人民没有接到指令便会自然地均沾。治理天下就要立名分以定尊卑，但也要有限度，适可而止便可避免灭亡。道泽被万物而万物自动顺服，如同川谷之于江海。

第三十三章

知人者智也，自知〔者明也。胜人〕者有力也，自胜者〔强也。知足者富〕也，强行者有志也。不失其所者久也，死不亡者寿也。

解读

了解别人的人有智慧，了解自己的人才高明，战胜别人的人有力量，能克服自己的弱点的才是强悍。知道满足的人，就会富有。顽强坚持力行的人，就是有志者。不失自己所根据的，就会长久。身死但不被人忘却的人，就可长存。

第三十四章

道〔氾呵，其可左右也。成功〕遂事而弗名有也。万物归焉而弗为主，则恒无欲也，可名于小。万物归焉〔而弗〕为主，可名于大。是〔以〕圣人之能成大也，以其不为大也，故能成大。

解读

大道像水泛滥啊！它可以向左流又向右流。成功为善，却没有半点名声，万千事物归顺却不做主宰。这样就永远没有欲望存在，可称之为卑微。万千事物归顺却不做主宰，可以称之为博大。圣人的成就之所以够大，是因为圣人为大，顺其自然，所以能够成其大！

第三十五章

执大象，〔天下〕往；往而不害，安平太。乐与饵，过客止。故道之出言也，曰淡呵其无味也。〔视之〕不足见也，听之不足闻也，用之不可既也。

解读

圣人守道无为，天下人都来投靠，圣人关照万民而不妨害，大家都平和安泰。乐声与美食能使行路人为之止步。而“道”由口里说出来，淡而没有一点味道，看它也没有什么好看的，听它也没有什么好听的，它却永远都不会穷尽。

第三十六章

将欲翕之，必固张之；将欲弱之，〔必固〕强之；将欲去之，必固举之；将欲夺之，必固予之；是谓微明。柔弱胜强。鱼不〔可〕脱于渊，邦利器不可以示人。

解读

将要闭合的，必先使之张开；将要削弱的，必先使之强盛；将要去除的，必先保留；将要夺取的，必先给予；这就是隐而易见的智慧。柔弱可以战胜刚强。鱼不可以脱离深渊，国家的利器不可以向人展示。

第三十七章

道恒无名，侯王若守之，万物将自化。化而欲〔作，吾将镇之以无〕名之朴。〔镇之以〕无名之朴，夫将不欲。不欲以静，天地将自正。

解读

道永远是没有名字的，王侯如果可以遵守道的法则，万物将自动归化，归化了如有欲望发生，我将用无名的纯朴感化它。用无名的纯朴感化它，它就会去除欲望。没有欲望就会归于清静，这样天地将会自然而然地稳定太平。

德经

第三十八章

〔上德不德，是以有德；下德不失德，是以无〕德。上德无〔为而〕无以为也。上仁为之〔而无〕以为也。上义为之而有以为也。上礼〔为之而莫之应也，则〕攘臂而扔之。故失道而后德，失德而后仁，失仁而后义，〔失义而后礼。夫礼者，忠信之薄也〕，而乱之首也。〔前识者〕，道之华也，而愚之首也。是以大丈夫居其厚而不居其薄；居其实不居其华。故去彼取此。

解读

高层次的道德，不将其自身表现出来，所以是有道。低层级的德，念念不忘自己的德，那就是无德。上德没有做什么而又能无心而为。上仁之人有为但又能无心于为；上义之人有为且有心为之。上礼之人为之但没有人会相应他，则举臂拱手而就人。所以说，失道之人才会做作道德的事，做作道德的人才会讲究仁，不讲究仁的人才会讲究义，不讲究义的人才会讲究礼。这些讲究礼的人，他们已经没有忠、信可言，而且是乱象的祸端。以上所讲的都是道的浮华，是愚昧的开端。大丈夫应有道德的淳厚，要有忠有信，应有道德的朴实，而没有道德的浮华。所以，去掉浮华，留住纯朴！

第三十九章

昔之得一者，天得一以清，地得〔一〕以宁，神得一以灵，谷得一以盈，侯〔王得一〕而以为〔天下〕正。其诫之也，谓天毋已清将恐〔裂〕，谓地毋〔已宁〕将恐〔发〕，谓神毋已灵〔将〕恐歇，谓谷毋已盈将恐竭，谓侯王毋已贵〔以高将恐蹶〕。故必贵而以贱为本，必高矣而以下为基。夫是以侯王自谓〔孤〕寡不榖。此其〔贱之本与，非也〕？故致数誉无誉。是故不欲〔禄禄〕若玉，硌〔硌若石〕。

解读

古代的时候得到道德的，苍天得到道德能清明；大地得到道德能稳固；神灵得到道德能灵验；川谷得到道德能充盈；王侯得到道德能够凭之做到天下太平，所有一切都能相安无事。如果苍天不能清明恐怕会破裂；如果大地不能稳固恐怕会震动；如果神灵不能灵验恐怕会灭绝；如果川谷不能充盈恐怕会枯竭；如果王侯不能保持天下太平而拥有高贵的地位，恐怕会失败。所以说，贵必然以贱为根本，高必然是以下为基础的！王、侯自称为“孤”“寡”“不榖”，这是他以贱为自己的根本，不是这样的吗？所以说，追求过多的赞许就没有荣誉。因此，不要去做什么少而珍贵的美玉，宁愿做多而轻贱的石头！

第四十章

上〔士闻〕道，勤能行之。中士闻道，若存若亡。下士闻道，大笑之。弗笑，〔不足〕以为道。是以建言有之曰：明道如昧，进道如退，夷道如类。上德如谷，大白如辱。广德如不足，建德如〔偷〕。质〔真如渝〕。大方无隅，大器免成。大音希声，大象无形，道褒无名。夫唯道，善始且善成。

注：本段经文帛书甲本残毁，仅留末句“道，善”，故此段引乙本经文。

解读

上等的人士听了讲过的道，会积极地行动，去运用它；中等的人士听了讲过的道，会将信将疑不知所措；下等的人士听了讲过的道，会无动于衷大加嘲笑。他如果不嘲笑就不能证明这是道了。所以，有立言的人说过：光明磊落的道好似暗昧，前进的道好似后退，平坦的道好似崎岖不平，崇高的道好似山谷；最洁白的东西，反而含有污垢；宽广的德好似不足的样子，刚健的德好似懒惰的样子，质朴和纯真好似朦胧未开。大道无处不在无所遗漏；大德需要勤勉躬行；道的声音是听不到的，以行诠之；大道的道理没有具体的形式；道大而盛却不图名利。只有道才能使万物善始善终。

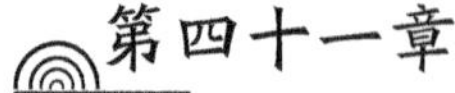

第四十一章

〔反也者〕，道之动也；弱也者，道之用也。天〔下之物生于有，有生于无〕。

解读

事物向对立面转化，是“道”的运动规律；柔弱之道，是道达成的方法。天下的事物生于有形的天地，而有形的天地又生于空无！

第四十二章

〔道生一，一生二，二生三，三生万物。万物负阴而抱阳〕，冲气以为和。天下之所恶，唯孤寡不穀，而王公以自名也。物或损之〔而益，益〕之而损。古人〔之所〕教，亦我而教人。故强梁者不得死，〔我〕将以为学父。

解读

道生德，德生阴和阳，德和阴、阳生气，德和阴、阳还有气生一切事物。一切事物背负着阴，而面前环抱着阳，动摇精气以为调和。人们所憎恶的就是“孤”“寡”“不穀”，而王公却以这些自称。所以说，越减损的反而会有所增益，强求增益反而会有损害。古人流传下来的善言使我受到教诲，我也把它拿来教人。所以说，强硬的人将死无其所，我把这句话当作施教的宗旨。

第四十三章

天下之至柔，〔驰〕骋于天下之至坚。无有入于无间。吾是以知无为〔之有〕益也。不〔言之〕教，无为之益，〔天〕下希能及之矣。

解读

天下最柔弱的东西，能在天下最坚硬的东西中穿行，这种无形的力量能进入没有空隙的有形之物，我由此认识到无为的好处。不言的教育，无为的益处，天下极少有能达到这种程度的了。

第四十四章

名与身孰亲？身与货孰多？得与亡孰病？甚〔爱必大费，多藏必厚〕亡。故知足不辱，知止不殆，可以长久。

解读

名气和身体哪一样亲近？生命和钱财哪一样重要？获得名利和损丧其身哪一个痛苦？挚爱于名欲的东西太多，必要付出代价；占有积藏的东西太多，最后必然失去得越多。所以说，知道满足不是耻辱，知道适可而止就不会发生危险，可以长久平安。

第四十五章

大成若缺，其用不敝。大盈若盅，其用不穷。大直如诎，大巧如拙，大赢如肭。躁胜寒，静胜热，清静可以为天下正。

解读

大的成就好像亏缺，但它的用处是不会少的。大的充实好像空虚，但它的好处无穷无尽。最正直的好像弯曲，最巧妙的好像笨拙，最大的赢余如同亏损。冬天寒冷的时候，活动就能抗寒，夏天炎热的时候，静如止水就能驱热，所以清静无为便是天下的正本！

第四十六章

天下有〔道，却〕走马以粪。天下无道，戎马生于郊。罪莫大于可欲，祸莫大于不知足，咎莫憯于欲得。〔故知足之足〕，恒足矣。

解读

天下有道，卸下战车的马来送田粪。天下无道，战马便出现在郊野。最大的罪过莫过于欲望，最大的灾祸就是不知道满足，最大的过失就是贪婪。所以，知道满足的富足，才是真正的足！

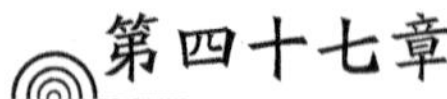

第四十七章

不出于户，以知天下。不窥于牖，以知天道。其出也弥远，其〔知弥少。是以圣人不行而知，不见而名，弗〕为而〔成〕。

解读

不用出门就知道天下的事理。不用看窗户外面，就知道天下的大道。有些人走得越远，知道的东西反而就越少。所以，圣人不用出门就知道，不用去看就明白，不用做什么就能达成目的！

第四十八章

为学者日益，闻道者日毁。损之又损，以至于无〔为，无为而无以为〕。取天下也，恒〔无事；及其有事也，不足以取天下〕。

注：本节内容帛书甲本残损仅余末句“取天下也，恒”几字，其余内容根据帛书乙本著录。

解读

从事于学问的人，知识会一天天地增多，修道的人负担会一天天地减少、减少再减少，最后达到“无为”的境界。如果能做到“无为”，即无私无欲地“为”，不妄为，任何事情都可以有所作为。治理天下要顺应自然、清静无为，如果经常生事扰民，就不足以治理天下。

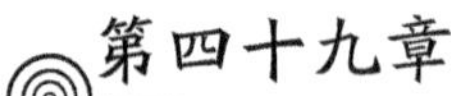

第四十九章

〔圣人恒无心〕，以百〔姓〕之心为〔心〕。善者善之，不善者亦善〔之，德善也。信者信之，不信者亦信之德〕信也。〔圣人〕之在天下，愉愉焉，为天下浑心。百姓皆属耳目焉，圣人〔皆孩子〕。

解读

圣人没有执念，体察百姓的需求和心意。心善的人要对他有善意，不心善的人也要对他有善意，这就是大德有善。信任你的人你要信任他，不信任你的人你也要信任他，这就是大德有信。圣人在人间，要与民和谐相处，要使天下人保持浑真纯朴之心，百姓注意用耳目体察世情，以智慧判定是非，所以圣人会阻塞其耳目。

第五十章

〔出〕生〔入死。生之徒十〕有〔三，死之〕徒十有三，而民生生，动皆之死地之十有三。夫何故也？以其生生也。盖〔闻善〕摄生者，陵行不〔避〕兕虎，入军不被甲兵。兕无所投其角，虎无所措其爪，兵无所容〔其刃，夫〕何故也？以其无死地焉。

解读

从出生到死去，长寿者占十分之三，短命者占十分之三，而本可以长寿而自寻死路的也占十分之三。请问这是为什么呢？因为奉养过度了。据说，善于摄取生机的人，在丘陵山林行走不会遇到兕兽、猛虎，参军打仗不会遭到杀伤，兕兽的犄角无处攻击，猛虎的爪牙无处可下，兵器的利刃无处砍杀。请问这是为什么？那是因为他没有死地！

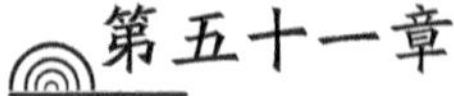

第五十一章

道生之而德畜之，物形之而器成之。是以万物尊道而贵〔德。道〕之尊，德之贵也，夫莫之爵，而恒自然也。道生之、畜之、长之、育之、亭〔之、毒之、养之、覆之。生而〕弗有也，为而弗恃也，长而弗宰也，此之谓玄德。

解读

道生万物，而德生养和繁衍万物，天地之中的万物因而有了样貌，然后它们形成的作用来促使天和地成为现在所知道的样子。所以万物没有不尊崇道而重德的！道的尊和德的贵，无关世俗所封品秩爵位，只是按照自然规律发展。所以说，道统给予万物生长、关怀、发育、结果、苦痛、爱养、保障、庇护，虽生养了万物而不据为己有，为万物尽了力而不恃其能，使万物成长而不主宰它们，这才是最富含深意的大德。

第五十二章

天下有始，以为天下母。既得其母，以知其〔子〕；复守其母，没身不殆。塞其兑，闭其门，终身不勤。启其兑，济其事，终身〔不救。见〕小曰〔明〕，守柔曰强。用其光，复归其明。毋遗身殃，是谓袭常。

解读

天下有起源的开端，以道为天下的母体，既然知道那是万物的母体，也应该认识万物，既然认识了万物，再返回去守住母体之道，这样至死也不会有危险！所以，塞住知识穴窍，关闭喜怒哀乐的欲门，终其一生都不会有什么劳碌辛苦。打开知识的穴窍，放开欲望的大门，去实现其追求，终其一生都无法停止。能察见这两个极端的细微就是明，能坚守柔弱就是强！用它的这种真理，重新回归到他的明。没有道德只能给自己带来灾殃，这就是常道。

第五十三章

使我挈有知，〔行于〕大道，唯〔地是畏。大道〕甚夷，民甚好径。朝甚除，田甚芜，仓甚虚。服文采，带利〔剑，厌饮〕食，〔资财有余。是谓盗〕竽，非〔道也哉〕！

解读

假使我对所有事物都有了了解，就能遵从大道，只有施行大道才是我所担心的。大道是很平坦的，但人们喜欢捷径小路。宫廷修整得整洁亮堂，而田地经营得很荒凉，仓廪存储空虚，那些执政者穿戴彩绣的衣冠，佩戴着锋利的宝剑，享受着丰盛的酒宴，存积财宝绰绰有余，这就叫作强盗，是违背了大道的！

第五十四章

善建〔者不〕拔，〔善抱者不脱〕，子孙以祭祀〔不绝。修之身，其德乃真。修之家，其德有〕余。修之〔乡，其德乃长。修之国，其德乃丰。修之天下，其德乃博〕。以身〔观〕身，以家观家，以乡观乡，以邦观邦，以天〔下观天下。吾何以知天下之然哉？以此〕。

解读

善于以“道”立身立国的人，不会被拔除；善于抱住“道”的人，不会离开道，子孙世世代代祭祀活动断绝不了。用此道来修行他的自身，他的德可以纯真；用此道来修他的家室，他的德可以有盈余；用此道来修他管理的乡里，他的德可以增长；用此道来修他管理的国家，他的德可以丰厚；用此道来修他管理的全天下，他的德可以博大。以有德之身的眼光来看他自己的身，以有德之家的眼光来看他自己的家，以有德之乡的眼光来看他管理的乡里，以有德之国的眼光来看他管理的国家，以有德之天下的眼光来看他管理的全天下。我以什么而知这个天下的？就以这些！

第五十五章

〔含德〕之厚〔者〕，比于赤子。蜂虿虺蛇弗螫，攫鸟猛兽弗搏。骨弱筋柔而握固，未知牝牡〔之会而朘怒〕，精〔之〕至也。终日号而不嗄，和之至也。和曰常，知常曰明，益生曰祥，心使气曰强。〔物壮〕即老，谓之不道，不道〔早已〕。

解读

含怀着德的淳厚和朴实的人，就像浑真的孩童。浑真的孩童无知无欲不犯众物，所以毒虫不来螫他，凶鸟猛兽不来扑他，虽骨头弱小筋肌柔嫩却能握物坚牢。他们还不知道男女的交合，而小生殖器却常常勃起，这是因为最高的精气充沛，一天到晚哭嚎却不气逆，是因为和气充盈。有和气就是正常的，知道和气便是明智的。贪生纵欲就会遭殃，欲念如果主使精气就叫作逞强，万物过于强盛就会走向衰老，这就不合于道了，不合于道，就会提早死亡。

第五十六章

〔知者〕弗言，言者弗知。塞其垸，闭其〔门，和〕其光，同其尘，挫其锐，解其纷，是谓玄同。故不可得而亲，亦不可得而疏；不可得而利，亦不可得而害；不可〔得〕而贵，亦不可得而贱；故为天下贵。

解读

懂得的不会乱说，乱说的不懂得，阻塞住他的无知，关闭他的耳、目、口、鼻的欲望，协和它的真理，感同它的尘俗，收敛它的锐气，理解它的纷扰，这叫作感同身受。所以说，不可以去亲近，也不可以疏远；不可以使他得利，也不可让他受损害；不可让他尊贵，也不可使他低贱。所以能为天下所贵重。

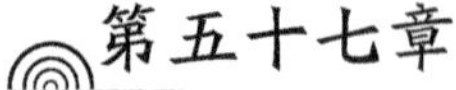

第五十七章

以正治邦，以奇用兵，以无事取天下。吾何〔以知其然〕也哉？夫天下〔多忌讳〕，而民弥贫。民多利器，而邦家滋昏。人多知，而奇物滋〔起。法物滋彰，而〕盗贼〔多有。是以圣人之言曰〕：我无为也而民自化，我好静而民自正，我无事民〔自富，我欲不欲而民自朴〕。

解读

用大道治理国家，以奇术用兵，以天下无事发生的标准来治理天下，也就是以无为治理天下。我凭什么能够知道这些情况呢？（是因为这些：）对天下人的禁令越多，而人民就越是贫穷；人民的锐利武器越多，而国家就容易滋生混乱；人们的知识越丰富，而奇异的东西就会变多；珍好之物滋生显现，盗贼反而增多。

所以圣人说：我无为而人民自然顺化，我好清静而人民自然端正，我不兴事端而人民自然富足，我无欲望而人民自然纯朴！

第五十八章

〔其政闷闷，其民惇惇〕。其政察察，其民狭狭。祸，福之所倚；福，祸之所伏，〔孰知其极？其无正也，正复为奇，善复为妖，人之迷也，其日固久矣。是以方而不割，廉而不刺，直而不肆，光而不燿〕。

解读

政治无为的国家，人民就忠厚淳朴。政治过于清明严苛，这个国家的民众必定狡猾狭诈。灾祸啊，幸福紧靠在它旁边；幸福啊，灾祸埋伏在它里面。谁知道它何时是尽头呢？它没有正常的情况吗？正常的转变为荒诞的，善良的转化为邪恶的，人们为此感到迷惑已经很久了。所以，圣人方正而不生硬，有棱角而不伤人，正直而不放肆，光明而不耀眼。

第五十九章

〔治人事天莫若啬，夫唯啬，是以早服，早服是谓重积德。重积德则无不克，无不克则莫知其极。莫知其极〕，可以有国。有国之母，可以长久。是谓深根固柢，〔长生久视之〕道也。

解读

治理人民尊奉天道，没有比廉洁节俭再好的了！只有廉洁节俭才能尽早地服从自然之道。能尽早服从自然之道，这叫作着重积累美德。着重积累美德就能无往而不利，无往而不利就没有人能够估计他力量的极限，没有人能够估计他力量的极限，就可以保有国家，国家可以保有大德，有大德就可以长治久安。这就是根深本固、长生久活的大道！

第六十章

〔治大国若烹小鲜，以道莅〕天下，其鬼不神。非其鬼不神也，其神不伤人也。非其神不伤人也，圣人亦弗伤〔也。夫两〕不相〔伤，故〕德交归焉。

解读

治大国如同烹小鱼，用这个道来统治天下，天下的鬼就不作祟了，不仅是天下的鬼不作祟了，神也无扰于民；不仅神无扰于民，圣人以道临天下也无扰于民。鬼神和圣人都无扰于民，所以天下都将归于德！

第六十一章

大邦者，下流也，天下之牝。天下之交也，牝恒以静胜牡。为其静〔也，故〕宜为下。大邦〔以〕下小〔邦〕，则取小邦；小邦以下大邦，则取于大邦。故或下以取，或下而取。〔故〕大邦者，不过欲兼畜人；小邦者，不过欲入事人。夫皆得其欲，〔大者宜〕为下。

解读

大国若能自谦居于下游，其意若“天下之牝”，犹如雌雄交配，雌性经常以其静美取胜于雄性。因为它静美，故而能居下。大国对小国表示谦下就可以取得小国的归附，小国对大国表示谦下就可以取得大国之容纳。所以，有时大国靠谦下取得小国的归附，有时小国借谦下取得大国的容纳。大国不过想要兼并领导小国，小国不过想近身奉承大国。两个国家起初的想法都得到了成全，而大国最适合谦下。

第六十二章

〔道〕者万物之主也，善人之宝也，不善人之所保也。美言可以市，尊行可以加人。人之不善也，何〔弃之〕有。故立天子，置三卿，虽有拱之璧以先驷马，不若坐而进此。古之所以贵此者何也？不谓〔求以〕得，有罪以免与！故为天下贵。

解读

道这个东西是万物之主，它是善人的法宝，也是对不善之人的一种保护。美好的语言可以被人接受，美好的德行也可以为人所赞许。那么人即使有不善，又怎么能放弃他呢？所以，立天子，设置三公，与其献上宝玉和骏马，不如坐而论道！古时候人们为什么看重这个？那不是因为道可以使人有求就有所得，有罪就可以免除吗？所以它被天下人所珍视！

第六十三章

为无为，事无事，味无味，大小，多少，报怨以德。图难乎〔其易也，为大乎其细也〕。天下之难作于易，天下之大作于细，是以圣人终不为大，故能〔成其大。夫轻诺必寡信，多易〕必多难，是〔以圣〕人犹难之，故终于无难。

解读

有道者无为而为，无事而行事，品尝无味当中的美味。大事小事，事多事少，都要以德报怨。解决难题的时候，要在它还容易的时候着手；要干大事的时候，要在它还细小的时候着手。天下的难事一定开始于容易，天下的大事一定开始于细小。圣人始终不做大事，所以才能完成大事。轻易答应别人的要求一定很少讲信用。把事情看得太容易一定困难很多，圣人重视困难，所以他最终就不会遇到大的困难了！

第六十四章

其安也，易持也。〔其未兆也，易谋也。其脆也，易破也。其微也，易散也。为之于其未有也，治之于其未乱也。合抱之木，生于〕毫末。九层之台，作于蔂土。百仞之高，始于足〔下。为之者败之，执之者失之。是以圣人无为〕也，〔故〕无败〔也〕；无执也，故无失也。民之从事也，恒于几成事而败之，故慎终若始，则〔无败事矣。是以圣人〕欲不欲，而不贵难得之货；学不学，而复众人之所过；能辅万物之自〔然，而〕弗敢为。

解读

国家在安定的时候，最容易把持。国内还没有变化的苗头时，最容易提早预防。事物还脆弱的时候，最容易分解。事物还微小的时候，最容易散失。要在反动的事物未生发之前就开始处理，要在动乱还没有发生的时候就加以整治！双手能够环抱的大树，生长于毛尖小的幼芽。九层高的高台，是从一堆堆土堆积而起的。百仞远的路，是从第一步开始的。为道之人必然失败，持道之人必然会失去。所以说，圣人无为，因此不会失败，没有执着，就不会有失去！普通人做事常常在接近成功的时候失败。因此，慎重对待事情的后面阶段，如同慎重对待事情的开始阶段一样，这样就不会有失败了！因此，有“道”的圣人追求一般人所不追求的事情，不稀罕难以得到的货利；学习常人所不愿学习的东西，补救众人经常犯的过错；这样遵循万物的自然本性而不干预，所以，圣人无为。

第六十五章

故曰：为道者非以明民也，将以愚之也。民之难〔治也，以其〕智也。故以智治邦，邦之贼也；以不智治邦，〔邦之〕德也。恒知此两者，亦稽式也；恒知稽式，此谓玄德。玄德深矣，远矣，与物〔反〕矣，乃至大顺。

解读

所以说施大道的人不能用智巧以教化民众，应该让人民保持一种纯朴之心。人民难以治理，是因为他们知道智巧！因此以智巧来治理国家，是国家的祸害；以纯朴之道来治理国家，是国家之幸。永远记住这两条，也就知道了治国的法则！常识这两条法则，可以叫大德。大德深厚、深邃，与物同归于初，直到完全顺应自然之道！

第六十六章

〔江〕海之所以能为百谷王者，以其善下之，是以能为百谷王。是以圣人之欲上民也，必以其言下之；其欲先〔民也〕，必以其身后之。故居前而民弗害也，居上而民弗重也。天下乐推而弗厌也。非以其无争与，〔故天下莫能与〕争。

解读

江海之所以能够成为百川归属之地，是因为它善于处在百川的下游，所以能够成为百川自然归往之处。因此圣人想要居民众之上，就必须先将自己的位置放在人民的下面；想要居人民之先，就必须将自己摆在人民的后面。这样一来，居人民之前，人民也不会有妨害，处在人民之上，人民也不会感到有负担。所以天下人会乐于推戴他而不感到厌烦，这不是因为圣人不和人争吗？所以天下就没有人能够和他争了。

第六十七章

小邦寡民，使十百人之器毋用，使民重死而远徙。有车舟无所乘之；有甲兵无所陈〔之；使民复结绳而〕用之。甘其食，美其服，乐其俗，安其居，邻邦相望，鸡狗之声相闻，民至〔老死不相往来〕。

解读

（这）小国寡民，有相当于十倍、百倍人工的器具也不愿意使用，使人民因为害怕死亡而远避迁徙。有车船等运输工具却没有人乘坐它，有装备武器却没有地方施展它，使人民再回到用结绳记事的生活。让人民以其食为香甜，以其服为美，让他们满足于自己的风俗和居所。这样即使在邻国交界的地方人们可以相互望得见，鸡鸣狗叫的声音可以互相听得到，而人民可能直到老死也不互相往来！

第六十八章

〔信言不美，美言〕不〔信。知〕者不博，〔博〕者不知。善〔者不多，多〕者不善。圣人无积，〔既〕以为〔人，己愈有；既以予人矣，己愈多。故天之道，利而不害；人之道，为而弗争〕。

解读

诚实的话语不华美，华美的话语不诚实，有真知的人可能不广博，广博的人不一定有真知。善德的人不需要多辩，多辩的人不善德。圣人不用积藏，全心全意为别人，自己拥有的就越多；为他人奉献，自己得到的就越多。所以说，天之道，利于万物而不会带来危害；人之道，为人或与人相处而不争。

第六十九章

〔天下皆谓我大，大而不肖〕。夫唯〔大〕，故不肖。若肖，细久也。我恒有三宝，之。一曰慈，二曰俭，〔三曰不敢为天下先。夫慈，故能勇；俭〕，故能广；不敢为天下先，故能为成事长。今舍其慈，且勇；舍其后，且先，则必死矣。夫慈，〔以战〕则胜，以守则固。天将建之，如以慈垣之。

解读

天下都说我的“道”大，大而又不像世间万物，正因为它之大，所以才这样。如果像世间的具体事物，那么它早就成为细漠了！我有三件法宝可以告诉你：第一是仁慈，第二是节俭，第三是不敢为天下先。仁慈所以能勇敢，节俭所以能用度宽广，不敢为天下先，所以能够成为成功的榜样。而现如今的人舍弃仁慈只留下勇敢，舍弃节俭却用度宽广，舍弃他的谦卑而敢为人先，这就必死无疑了！圣人慈爱，用于战争能够取得胜利，用于防守能巩固。上天想要助谁，就用慈爱来帮助谁！

第七十章

善为士者不武，善战者不怒，善胜敌者弗〔与〕，善用人者为之下。〔是〕谓不争之德，是谓用人，是谓天，古之极也。

解读

善于做将帅的人不逞强武勇，善于作战打仗的人不会被激怒，善于战胜敌人的人不与敌人争锋，善于用人的人谦卑处下。这叫作不争强好胜的德行，叫作善于用人，叫作合于天道，这就是自古以来的最高准则。

第七十一章

用兵有言曰：吾不敢为主而为客，吾不进寸而退尺。是谓行无行，攘无臂，执无兵，乃无敌矣。祸莫大于无敌，无敌近亡吾吾宝矣。故称兵相若，则哀者胜矣。

解读

用兵者有言：我不敢发动战争，只做被迫自卫的一方，不敢贸然进攻，宁肯先退一步。这就叫作行军打仗好像没有打仗的样子，想奋臂阻挡也好像没有臂膀，手执利器就像没有兵器，这样就没有敌人了。祸事没有比认为自己无敌更大的了！如果认为没有可敌之敌，那就几乎丧失了我的法宝了。所以说，两军对抗实力相当的时候，示弱的一方必然能够胜利！

第七十二章

吾言甚易知也，甚易行也；而人莫之能知也，而莫之能行也。言有君，事有宗。夫唯无知也，是以不〔我知。知我者希，则〕我贵矣。是以圣人被褐而褱玉。

解读

我说的东西非常好懂，也非常好执行。但是天下没有人能懂，也没有人去执行。我说的话主旨很明确，行事都有根据，总不离道。人们不懂这个道理，所以，理解我的人就少了。了解我的人少，反而就显得我宝贵了。因此，有道的圣人穿着普通布衣而怀里揣着美玉，非有志之士而不得识。

第七十三章

知不知，尚矣；不知不知，病矣。是以圣人之不病，以其〔病病，是以不病〕。

解读

知而不自以为知，是最高明的；不知道自己不知，那就是有道之人所困忧的。圣人之所以没有困忧，是因为他害怕困忧，所以才避免了困忧。

第七十四章

〔民之不〕畏威，则大〔威将至〕矣。毋狭其所居，毋厌其所生。夫唯弗厌，是〔以不厌。是以圣人自知而不自见也，自爱〕而不自贵也。故去彼取此。

解读

人民不怕统治者的君威的时候，那么可怕的事情就要降临了。不要侵犯人民的居所，不要压迫人民谋生的道路。只要你不去压迫他们，他们也就不会厌恶憎恨你！所以说圣人自知而不表现自己，自爱而不抬高自己。因此，去掉不好的而取好的！

第七十五章

勇于敢者〔则杀，勇〕于不敢者则活。〔此两者或利或害，天之所恶，孰知其故？天之道，不战而善胜〕，不言而善应，不召而自来，坦而善谋。〔天网恢恢，疏而不失〕。

解读

勇于刚强就会被消灭，勇于柔弱就能生存下来。这两种都是勇，而一种有益处，一种有害处。苍天所厌恶的，谁能知道其中的缘故呢？苍天之道，不争而善于取胜，不言而善于顺应天道，不召唤它它自己就会来，居安而善于谋断。天道这张大网虽然稀疏但从来不会有失。

第七十六章

〔若民恒且不畏死〕，奈何以杀惧之也？若民恒是死，则而为者吾将得而杀之，夫孰敢矣。若民〔恒且〕必畏死，则恒有司杀者。夫代司杀者杀，是代大匠斲也。夫代大匠斲者，则〔希〕不伤其手矣。

解读

如果人民常常不怕死，以死亡来吓唬他们又能将他们怎么样呢？如果人民害怕死亡，有违反法律行为不端的人，我抓住他并杀了他，谁敢以身试法？若有人犯罪并依律该处死，则会有负责处决的机关。如果君主代替负责处决的机关，就如同代替工匠去砍木头，替代工匠去砍木头的人，很少有不伤到他自己的手的。

第七十七章

人之饥也，以其取食税之多也，是以饥。百姓之不治也，以其上有以为〔也〕，是以不治。民之轻死，以其求生之厚也，是以轻死。夫唯无以生为者，是贤贵生。

解读

人民挨饿，是因为他们的国君榨取粮食之税太多，造成饥荒。百姓难于治理是因为在上位者生事妄为，所以百姓难以治理。老百姓之所以看轻生命，以至于冒险，是因为他们的统治者过分追求和看重生活上奉养丰厚，所以很容易为了名利货色而轻视死亡。只有不追求生活享受的人，才胜过那些看重自己奉养而奢侈的人。

第七十八章

人之生也柔弱，其死也筋肕坚强。万物草木之生也柔脆，其死也枯槁。故曰：坚强者死之徒也；柔弱微细生之徒也。兵强则不胜，木强则烘。强大居下，柔弱微细居上。

解读

人活着的时候身体柔软，而死后身体变得僵硬。万千草木活着的时候枝干柔弱，死后枝干变得枯槁。所以说：坚而强的事物走向死亡之路；柔弱而细微的事物走向生存的道路！用兵逞强就不会胜利，树木强壮就会被砍伐作柴烧。所以强大者要居于下方，柔弱者要居于上方。

第七十九章

天下〔之道，犹张弓〕者也。高者抑之，下者举之；有余者损之，不足者补之。故天之道，损有〔余而益不足。人之道则〕不然，损〔不足而〕奉有余。孰能有余而有以取奉于天者乎？〔唯有道者乎。是以圣人为而弗有，成功而弗居也，若此其不欲〕见贤也。

解读

天下的大道不就像拉开弓射箭吗？目标低了就把弓压低一点，目标高了就把弓抬高一点；弓弦拉得过满就放松一点，弓弦拉得不够满就给它加力拉满。所以天之道，就是减少有余的来补给不足的；人之道，就是减少不足的来奉献给有余的！谁能把多余的拿出来奉献给天下？只有有道的人啊！因此圣人为事而不占有，成功了而不自居。这样是因为圣人不愿意表现自己的贤能。

第八十章

天下莫柔〔弱于水，而攻〕坚强者莫之能〔胜〕也，以其无〔以〕易〔之也。柔之胜刚，弱之〕胜强，天〔下莫弗知也，而莫能〕行也。故圣人之言云，曰：受邦之垢，是谓社稷之主；受邦之不祥，是谓天下之王。〔正言〕若反。

解读

天下万物没有比水更柔弱的了，然而攻击坚强的东西没有能胜过它的，因为它是不可替代的。柔能够胜刚，弱能够胜强，天下没有不知道的，但没有人能实行。所以圣人都会说："能够忍受国家的不堪的人才是社稷的主人；能够承受国家的灾难的人才是天下的君王。"这些正面的话好像是反话。

第八十一章

和大怨，必有余怨，焉可以为善？是以圣右契，而不以责于人。故有德司契，〔无〕德司彻。夫天道无亲，恒与善人。

解读

调和重大的恩怨，一定还会有余怨残留，怎么能算作行善呢？因此圣人保存借据，但不追债于人，施而不求回报。有德之人就像圣人持有借据那样宽容，无德之人就像负责税收的人那样苛刻强取。天道对人无所偏爱，经常帮助的是善德的人！

贰 与友人论

第一章　论欲

友人问：“老子说：故垣无欲也，以观其妙。其中的‘欲’具体是什么意思?”

我说：“有首诗文名为《节欲》，其中第一句就说：欲者，有行有体。已经说明了‘欲’字的具体含义。”

友人说：“具体是什么意思呢？”

我说：“有行有体，就是在这个世界上有自己的行为、形象或者具体存在的东西，这样的东西就是欲。”

友人说：“那这个‘欲者’和老子所说的‘欲’有什么区别吗？”

我说：“老子说的‘欲’和《节欲》中说的‘欲’是同一个东西，就是世间所有具体存在而又有自我行为的东西，也许你可以把它归类为：生物、植物、动物等。”

友人说：“那老子所说的‘垣无欲也，以观其妙’是什么意思？”

我说：“这句话的意思是说：永远没有欲的事物，以它来观察微妙变化或者规律。”

第二章 论道

友人问：“老子说：恒有欲也，以观其所徼。这是什么意思？”

我说：“就是永远有欲望的事物，以它来观察相应运动或呈现。”

友人说：“那老子所说的道到底是指什么？”

我说：“有欲望的事物根据没有欲望的事物的变化或规律出现相应的运动或呈现，就是老子所说的道，老子说‘两者同出，异名同谓’，就是这个意思。”

第三章 论理

友人问："老子说：天下皆知美为美，恶已；皆知善，斯不善矣。难道知道美就是美有什么不好的吗？他到底要阐述什么？"

我说："你看到美，自然觉得挺好的，这说明你没有刻意地追求美，当人们都知道美就是美的时候就很容易去追求美，这样人们就会逐渐形成比较的心理，有了追求和比较的心理难免就会产生憎恶。当人们都知道善良就是善，就难免会纷纷地追求善，有了追求就难免会产生比较的心理，这样发展的结果，相对而言，善意就变成了不善。所以说，你知道美，自然觉得挺好的，也没什么不好的，但是不要去追求它和与他人比较。"

友人说："那我作为一个正常的人，如何把握和控制自己不断成长的审美欲望呢？"

我说："这个倒也不难，要想把握好自己成长的欲望就要懂得道理，懂得事物的运行都有个道理可循，不然那就是非理性的。比如说，你想穿戴得漂亮一些，这个在自然社会中对于每个人来讲都是再平常不过的事情，但是你不应该是因为看见或发现别人穿戴得漂亮才想让自己穿戴得漂亮一些，这样的决定是你自己产生了比较的心理而造成的，是不理性的。所以，如果自己想让自己穿戴得漂亮一些，首先是要从个人意志出发，这应该是在理性的前提下发生的。那什么是以理性为前提呢？就是在你想让自己穿戴得漂亮一些之前，首先看到和发现你所穿戴的衣物已经破旧或者是应该更换的了，或者是自己的生活条件已经达到可以更换的基本条件。只有在这样理性的前提之下所产生的想让自己穿戴得漂亮一些的想法才能真正算是有道理的，是有理可循的。只要每个人都能够遵循事物的道理去做事，就没有办不好的事。老子说：复命常也，知常明也。意思就是复命是常态，知道常态的道理，就是开明的。”

第四章 论治理

友人问："老子说：恒使民无知无欲也，使夫智不敢。他的意思是说让人民没有知识，没有欲望，使不怀好意的人不敢乱为。难道人民不懂知识、没有欲望就可以让国家不乱或者不怀好意的人不敢乱为了吗？"

我说："其实老子并不是希望人们都没有知识、没有欲望，他其实是有特定指向的，他所说的东西也是个比较现实和普遍存在的问题，并不是当政者非要强制执行的政策。他主要指的是让人们没有政治秩序方面的知识，让人们没有政治欲望，而能够保持住平常心。可以知道，对于平常人来说，你拿政治方面的书籍给他学习给他看，他都不一定会看，即使看也不一定能够看得明白。而且，如果国家政治清明人民富足生活幸福，那还能有什么政治欲望呢？难道人们没有了政治知识和政治欲望就不敢乱为或者造反吗？这个是不一定的，主要取决于当政者的政治和政策，当国家的政治出现混乱，政策出现弊端，都会最终导致社会动荡不安。所以说，老子所阐述的是实行无为的政治和政策，社会自然而然地也无为，这样一些有机智的人也不敢乱为，自然就没有治不好的。这也说明老子对自己的无为而治的政策是充满信心的。无为而治就是符合道德的，符合道德也就是治理。"

友人说："那什么是治理？"

我说："就拿一些社会现象打比方，现在出现的所谓口语诗，只是简简单单地随意说的口语。有人说就是打了回车键，竟然就能够算诗？这个不叫创新，简直不是一般的离谱。”

友人说:“有人说,诗也好,字也罢,那只是一种情趣。”

我说:“什么是情趣?小孩子在大街上或者办公室里用手去拍一下你也是情趣。不是什么事物加上了情趣二字或者找个理由就可以堂而皇之地迁就。”

友人说:“那你认为什么是诗?应该怎么去对待这样的情况呢?”

我说:“我认为诗肯定不是口语诗这个样子的,首先,写诗的人要有社会经历,无论是什么样的经历,它都属于社会现象,反映了当时至少是他个人面临的社会上的情况,在这样的情况之下,用诗词的方式写出他当时个人的感受和状态的东西,才叫作诗词。”

友人说:“那什么样的方式才是诗词的方式?”

我说:“你知道祈祷吗?带有祈祷是诗的关键所在,首先,作诗的前提是个人遇到感情上的打击、损失、激荡,换个词说是锤炼;其次,个人作诗是面对自身的情况或事物所抒发的思索、感慨、态度;最后,作诗的文路要清晰,更严格一些来讲,还要有押韵、对仗,甚至带有修饰、修辞、哲性、哲理和构思等。无论如何,一首诗的整体状态看起来多少带有一种祈祷的色彩。”

友人说:“那通过这个例子能说明治理的含义是什么吗?”

我说:“通过这个例子可以看到,治理就是治序和至理,老子所讲的道德或无为而治就是讲至理和治序,有理有序的统治也就是老子所说的道。”

第五章 论真理

友人问：“老子说：挫其，解其纷，和其光，同其尘。这到底讲的是什么东西？”

我说：“老子这句话其实讲的是如何能够找到真理，和其光的‘光’，它真正的含义就是真理。比如地球上的人们根据四季的变化进行合理和有条理的耕种等活动；比如《易经》中讲的两仪生四象，四象生八卦，还有二十四节气等；比如古埃及金字塔的外形是根据地球的四季变化而进行设计的，反映的就是四季对人们生产和生活的影响巨大。这些都说明了人们只有在环境之中适应其规律才能够幸福生活的本质真理。”

友人说：“那老子所说的这个真理，和你所说的至理又有什么不同？”

我说：“至理的理就是真理的理，至理和真理是一个意思，而序和理，它们也是两者同出，异名同谓的。”

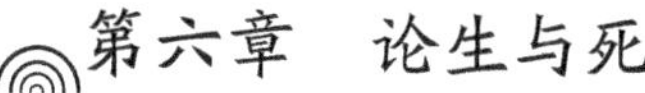

第六章　论生与死

友人问："老子说：谷神不死，是谓玄牝……这整个一章到底讲述了什么道理？"

我说："谷神其实暗指的是生育，生育这个东西人人都能够理解，凡是天下有欲望的东西都能够繁衍不息，生生不绝，这也是天地万物所存在的根本，因为凡是欲者都有死亡的一天，在这样的规律之下，如果要让天地万物能够永恒地存在，欲者就必须能够做到生生不息。这样的结论也是老子在这段文字里所要表述的基本内容。"

第七章 论厚德

友人问："老子说：不以其无私与，故能成其私。为何老子说因为其无私最终还能够成全了他的私呢？"

我说："作为一位管理人员，如果你无私地去做该做的事，也就是相当于你同时也是遵纪守法的，这样做事的方式不但可以有效地保全自己，而且做的事务也会大公，这样的结果是，你的工作成绩必然是无可挑剔的，你的下属和员工必然对你毕恭毕敬，无话可说。在这样的情况下，等到需要提拔管理人才的时候，我想你的机会还是比较大的。这里只是举个例子略说一下，而老子所说的无私并不是让你做到无私而目的又是升官或发财，以此来成就你的欲望。他所说的无私是指很单纯的、没有任何想法的大公无私。而老子所说的'故能成其私'的'私'，并不是你的私欲或者欲望，这个'私'说的是你的个人或本身。如果把国家政治制度看作一个整体来进行衡量，政治清明并且大公无私，真诚接受人民的检验，那么在里面工作的人和被治理的人民就会对政府毕恭毕敬，无话可说，那么贪污腐败必然就会无影无踪。如果贪污腐败无处藏身，那么政治就不会出现弊端。这样，国家的政治制度就会为人民所拥护，国家的政治制度最终的目的就是治理好国家。人民拥护了，国家也治理有方，所以，还是成就了国家的政治。这正是老子所说的，你无私，最终还能够成全了你的私。大公无私就是大德，永恒不变的大德就是厚德，厚德才能载物。"

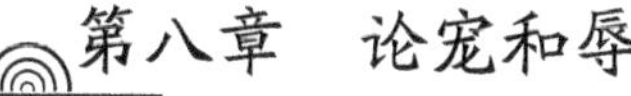

第八章　论宠和辱

友人问："工作的时候往往会遇到一些尴尬的事，甚至被上司或者领导刁难，这种普遍存在的事情应该如何对待和处理呢？"

我说："其实在现代社会中不应该还有宠辱若惊的情况发生，如果现在还有宠辱若惊这种尴尬的事情发生，那一定和相关的人的利益有关联。因为如果法律规定没有偏颇，管理规范完整，工作程序清晰，工作范畴明确，工作规范清楚，再加上有德地治理和有事说事、有理说理，纠错准确，奖罚分明，一切都按照真理和秩序运作，人与人和睦相处没有争执或矛盾，哪里还有什么让人宠辱若惊的尴尬事情发生呢？更不要说什么刁难工作人员的情况。"

第九章　论仁治

友人问："老子说：故大道废，案有仁义。这句话有点不太好理解，难道没有用他所说的道，国家就没有仁义存在了吗？"

我说："这个问题其实很好理解，老子并不是这个意思，他的意思是：在他们那个时代国家都是用仁义治理社会的，老子的道就是指道德的制度和管理，这在当时还是个新生事物，而老子却已经深深地认识到当时的仁义治国是存在弊端的。老子认为用仁义来直接管理国家，人人都明白仁义这个东西了，所以久而久之仁义就变成了尔虞我诈，国家政治不断被削弱，政治不断变混乱。老子的以道德治理国家一样是存在仁义的，而不是用仁义来执行管制，而是用制度来执行管制。老子认为用制度来执行管制，是保存仁治的最大体现，也是保护仁义的最好方式。所以说，老子认为：故大道废，案有仁义。"

友人说："老子说：绝仁弃义，民复孝慈。这又是说什么呢？难道人民没有了仁义，竟然还恢复到孝慈吗？"

我说："他这句话的意思其实和上面所说的基本相似，老子认为如果用了他的大道，那么仁治就没有了，仁治没有了就是绝仁弃义，而人们就不会时时惦记着仁义，只有用道德的制度来管理，国家的政治才能够有效地恢复，人民也可以回到自古以来的孝慈。所以他说：绝仁弃义，民复孝慈。"

第十章　论绝学

友人问："老子说：绝学无忧。难道不学无术还可以无忧无虑了吗？"

我说："老子的意思并不是这样简单，前面还有几句，可以看出他的意思是说，当大道建立起来以后，在这样美好的环境之中，人民都会变得纯朴和少私寡欲，没有一点儿争斗。所以说，他认为即使你不去学习知识也没有什么可担忧的了。但是，现在这个社会不学习肯定是不行的，因为社会早已经进入知识的时代，如果不学习知识的话，完全就像是傻子一样，不认识字，也不会用手机，再加上好吃懒做，那只能完全被社会淘汰，连活都很难活下去。"

第十一章　论王大

友人问："老子说：道大，天大，地大，王亦大。老子这句话到底想阐述些什么，为何王和道、天、地并称为大呢？"

我说："他的主要意思说的是在国中有四大，但是即使不是在国中，王依然是大的，因为在古代的时候能够做王的一般都是有大智慧和独特能力的人，完全能够独当一面、独揽一方。比如古埃及王朝的时候，他们的国王都称作法老或者法老王，其实他就是拥有很强能力和很多知识的人。自从人类靠狩猎、游牧或耕种生活以来，无论是部落首领还是国王，都是率领人们不断生存和发展的骨干力量。而到了现代社会则不同了，只要是通过法律程序成为首领的就是合法的。"

第十二章 论贼与德

友人问："老子说：故以智治邦，邦之贼也；以不智治邦，邦之德也。难道说知道国家的大道就会成为国家的贼，而不知道国家的大道就不是国家的贼了吗？"

我说："现在来看这样的问题就不会这样了，因为现在所有的方方面面都有相应的制度管制着，制度对于现代社会中的人而言是再正常不过的事了。但是，在老子那个年代，情况就完全不同了。就好像你手上掌握着一种非常超前的科学技术，这个技术能够呼风唤雨，想灭哪个国家就可以灭掉哪个国家，你说你会不会想让别人知道呢？所以说，除了道德和道理上的无为而治，当时老子的心情和你手中掌握了超前科学技术的心情也是很像的。这样讲，你就应该很清楚老子为何会说'故以智治邦，邦之贼也；以不智治邦，邦之德也'了。"

第十三章　论无忧

友人问："孔子说：人无远虑，必有近忧。说得很有道理，你觉得呢？"

我说："这句话说得的确很有道理。不过据我所知，这句话的意思在老子《道德经》中也有类似的阐述。老子说：天下之难作于易，天下之大作于细，是以圣人终不为大，故能成其大。夫轻诺必寡信，多易必多难，是以圣人犹难之，故终于无难。那么，我们就来对比一下孔子和老子他们各自说的话是不是同一种意思。'人无远虑，必有近忧'这句话的意思其实非常容易理解，但是，人们在理解这句话时往往忽略了一个问题，就是能够理解和运用这句话的人应该是什么样的人。首先，可以理解、能够运用这句话的人肯定不是普通的人，因为一般普通的人没有自己的事业，更没有做大事业的诸多经历与历练，能够理解这句话含义的人必然是有足够经历和经验而且有大事业的人。因为如果没有很大的事业，他怎么可能一旦放松远虑，就必然会有近忧发生？可以想象，在几千年前，什么样的人才会有这种紧迫的忧虑？所以说，这样的人物至少是不多见的那种。老子说：天下的难事，一定开始于简单，天下的大事，一定开始于细小，因此圣人始终从小事做起，所以才能完成大事。轻易答应别人的要求，一定很少有信用，把事情看得太容易，一定困难很多，因此，圣人还要重视困难，所以他就一直没有困难了！老子这些话的意思实质和孔子所说的意思几乎是完全一样的，好像是孔子用老子的阐述做一句话的总结一样。而且他们所说的也都是极其少见的人物。老子明确地说出，圣人才有这种‘没有远虑必有近忧’的忧虑存在。”

第十四章　论小邦

友人问："老子说：小邦寡民，使十百人之器毋用……这一章节他到底是在说什么呢？难道让人们不关心外国的事，生活得快乐一点儿，不好吗？"

我说："你对老子所说的话理解有误，其实老子所说的话有两个方面的考虑，第一个方面：他考虑的是在他眼前的这些小国都比较喜欢玩弄一些政治上的盘算，所谓政治上的盘算就是他所描述的这小邦寡民在生活方面的样貌。当政者喜欢让人们乐于食物、沉迷酒色、喜好衣妆。其实老子在《道德经》中阐述过圣人不应该做类似的勾当。第二个方面：国内有很多车马行具，当政者却几乎放弃不用，让人们害怕远行，不希望人们驾车远行增长见识广交同道中人，这也是老子所明确批评的一个方面。老子的本意是希望这样的小国启用了大道之后，圣人就不用操弄这些政治把戏。这样不但政治清明，还可以让人们驾车远行增长见识广交同道中人，而且还可以提振经济，让人们真真正正地幸福生活。"

第十五章 论知义

友人问："《论语》中记录了很多孔子的学问，一次子路问孔子：君子尚勇乎？孔子曰：君子义以为上，君子有勇而无义为乱，小人有勇而无义为盗。我觉得孔子说得很有道理，你觉得呢？"

我说："孔子所说的义，是阶级层面的概念。他说：君子义以为上，君子有勇而无义为乱，小人有勇而无义为盗。他的意思是：君子的义，应该有为于上，君子有勇而没有有为于上的义就是乱为，下等人有勇而没有有为于上的义就是强盗。其实孔子的这种义的概念是有问题的，孔子说得很明确，无论是君子还是小人，没有义就是乱，就是强盗。在他的语境中可以很清晰地看到孔子所说的两种人之间是没有任何关系的，从他们名称来看也只是君子或是小人而已。严格来说，孔子所说的这样的人际关系是不存在'义'这个真实概念的。他们的人际关系最多也就算是官和差或者主和仆这样的，而这样的关系是通过某种人际关系和雇佣而形成的，和义的本义是有天壤之别的。请问，主和仆的雇佣关系怎么用义来建立？他们之间的关系是一方付出相应的劳动而另一方则付出相应劳动报酬的关系，当然现实不一定就能够达到劳和酬完全对应的状态。这里主要阐述孔子所说的义和现实意义上义的不同与差异。而真正意义上的义是有特殊关系的，比如父子之间、母子之间，或者养父子之间、养母子之间，或者家族内的关系，这样的关系之间才有义这个本质关系存在。古代王朝是以宗族关系建立起来的，实行的是仁治，在这个层面来说，‘君子义以为上，君子有勇而无义为乱’是有一定道理的。那么，现在我们再回过头去仔细推敲孔子所说的语言意境，这次我们把他们的关系看作雇佣关系，以理解孔子所说的义的含义到底是什么。孔子曰：君子义以为上，君子有勇而无义为乱，小人有勇而无义为盗。如果以雇佣的关系或者没有关系来理解孔子所说的义，就很容易理解他这句话的意思了，而且合情合理，完全是对封建思想的诠释。根据上面对义的阐述，可以发现，孔子所说的义其实是带有臆测的，或者是有意映射出来的概念。”

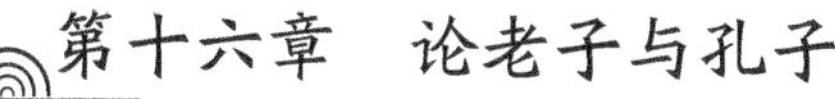

第十六章 论老子与孔子

友人问："老子和孔子应该是中国文化的代表人物了，老子的《道德经》的确精悍，孔子的《论语》也的确有特点，你是如何评价他们的？"

我说："传说孔子和老子有过三次会面，并且还谈论过一些学术性问题，这在《礼记》《庄子》《史记》等书中均有记载。第一次是鲁昭公七年，当时孔子才 17 岁。第二次会面，是在鲁昭公二十四年，孔子 34 岁。第三次会面，这时孔子已经 50 岁了，闻名于世，老子隐居于世。虽然是伪造的，不过，这三次会面说得还是有鼻子有眼的，让世人不得不信以为真。既然都是伪造的，那就来说说老子与孔子之间的纷扰和乱象吧。

"首先，老子的文本，应该以马王堆出土的帛书为准，因为它是比较贴近老子五千言本质的。帛书上甚至翻译过来的译文，无论从用字的习惯、文路的差异，还是文字类别的差异等方面，都和孔子的《论语》有明显的区别，这说明老子和孔子并不是同一个时代的人，老子的《道德经》晦涩难懂，字词古老，所以老子应该是出生在约公元前 571 年。

"其次，还有一个说法，说老子出关才留下的老子五千言就是《道德经》。根据《道德经》的内容，可以看出，老子的确曾游荡在各国之间，而且对当时社会和王朝心灰意冷。

"所以综合来看，老子和孔子之间是没有什么关系的，老子传道和出关确有其事。除了马王堆出土的帛书之外，其他传世的《老子》或《道德经》都是有误的。孔子的三次问礼于老子，在《礼记》《庄子》《史记》等书中均有记载，这也说明凡是记载有孔子问礼老子的书均有讹误。即使孔子和老子是同一个时代的人，孔子的很多东西依然属于后来的人刻意杜撰的。”

第十七章　论无道

友人问："《论语》中季康子问政于孔子曰：如杀无道以就有道，何如？孔子对曰：子为政，焉用杀，子欲善而民善矣；君子之德风，小人之德草，草上之风必偃。这里面所说的'无道'和'有道'到底说的什么？"

我说："其实到现在，很多人都已经注意到孔子借用了老子的东西，但是其含义不太相同，属于转换了概念。季康子问孔子：如果杀掉坏人，以成就好人，怎么样？孔子回答：你主政怎么可以用杀戮呢，你向善，人们也会用心向善的，君子的德行好比风，小人的德行好比草，风吹往何处，草便倒向何处。他们对话中的有道或者无道，用好人或者坏人来解释仿佛是挺有道理的，但仔细想想，好或者坏用有道或者无道来形容实在是不合适。用什么不好呢？把道的本义完全肢解。这样理解是不合理的，也是不合乎语境的。在封建王朝，除了上层统治阶级之外，就是下层平民阶层，如果用大道来衡量社会形态，上层统治阶级肯定是有道的，而下层的平民百姓阶层则无道可言。如果这样来理解孔子他们的对话，意境和情理反而更佳。这样理解的话，让场景变得活灵活现，合情合理，可以清晰地看到封建统治阶级是如何教育无知无德的民众的，同时也说明了孔子在世俗的封建思想中的地位。"

第十八章　论儒学

友人问：“我看过辜鸿铭的著作《中国人的精神》，他说儒学属于社会宗教，觉得写得挺好的。你怎么看？”

我说：“原则上辜鸿铭说得不对，因为宗教属于神学范畴，而儒学没有神学成分，属于人文。不过从另一个角度来看，又好像有他的道理，因为尊崇儒学是汉武帝为统治天下而制定的政策。人们在看书或者文章的时候，不应该只靠感官评价它好不好，要追究它的内容是否清晰合理。”

叁
诗集

今夜

面儿朝着夜空

星星眨着眼睛

一些微风的潇洒

热水煨着浓茶

月儿弯弯是牵挂

幻景

黑色的山峰
黑色的夜空
一轮圆月在幕中
像那美丽的珍珠
像那火热的深情
旁边闪闪是明星
在我心中亮晶晶

爱是多么的伟大

我没有经历过死

可我深深地知道死

我没有万贯家私

可我深深地知道钱

我没有相爱的对象

可我深深地知道爱

死是多么的可怕

你的一切将会寂没

钱是多么的重要

生不带来死不带去

爱是多么的伟大啊

即使死也能享受天堂

人生发现

当你从小孩慢慢地长大
当你在校园缓缓地成长
当你在社会步步地经历
当你从年轻渐渐地变老
是否发现你已变得坚强
是否发现你已变得多愁善感
是否发现你已变得无奈
是否发现你已变得从容不迫
是否发现这就是你的人生

我是谁

我是谁?
有多少人曾这样问。
我是谁?
我是知识分子。
假使我不是,
假使我是地球上的万物,
你就是地球的大气;
我是海里的舰船,
你就是那浩瀚的大海;
我是地面上的雄伟建筑,
你就是建筑的地基;
我是丝布上那美丽的刺绣,
你就是那五彩的丝绸;
如果我是富丽堂皇的房屋,
那你就是房间的装潢;
如果我是愤起的战士,
那你就是我的坚强后盾;
如果我是美丽的少女,
那你就是呈现美丽面容的镜子;
如果我是饱满丰盈的果实,
那你就是承载果木的肥沃土地。

万泉河·遐思

我爱五指山，
我爱万泉河，
万泉河水幽幽，
渺渺瑟风悲吼，
万里遥外有人愁。
思见河央呈叶舟，
你知上面谁走？
伸开两岸荫稠，
一片飞舟天际游。

狼

一匹骁狼立于高峰上

闻月寻望

问其几时多

问其几时何

点点繁星煦群山

闪闪余晖怅寥廓

携伍横山纵平阳

疆场除我其谁光

秋收·北上

车跃时空另一昼

山野连绵

袖楼藏间

忽见大江滚滚

挥刀平原天外无边

啸指九天

树骨嶙峋

刹那间挺起剑毛遍遍

水墨画卷

黄河愤涌前后竟不连

节欲

欲者，有行有体。

欲，有大有小，

有深有浅，

有别有类，

有恶有善。

人随欲适，

欲随人附。

欲，大则宜敛，

小则宜留，

深则宜谦，

浅则宜适，

别则宜达，

类则宜道，

恶则宜迁，

善则宜尚。

渤海

浩茫中华历途远兮
各国历代望而莫及
华夏纵有门户兮
乃渤海之属地
万里长龙垂首卧兮
引多少英雄观渤叹溺
始皇拜之祈寿兮
试图征航浪击
曹相观沧挥毫兮
帷幄天下统一
大河奔滔击之浪兮
颇现其勃勃朝气

燃情

欲滴香唇兮

神奕奕

情态窈窕兮

亭立立

顿生春意兮

语切切

拨脱绣罗兮

羞答答

瞬感玲胴兮

缠绵绵

触处段情兮

软茸茸

南冬·晴

天朗朗

野苍苍

瑟风舞绿抚红黄

南冬·雨

暗压压

雨漓漓

植争弹珠浮荒迷

南冬·山

草茸茸

水淙淙

涂林尽岿貌缓松

秋收·夜行

梦绝三更，徒步双行
雾夜迷茫，星罗漫空
朝幕高歌乃从容
万籁浊声，五步断行
繁星若现，野草横生
思往牛鬼恐魂惊
月洁白地，路道不平
雄鸡歌唱，旭日东升
驱散阴霾任我行

开光

风云变幻

暴风不断

卷起迷沙漫天

一片硝烟

或隐或现

只感异度心寒

乌云密布

唾手可关

惟我独处洞天

月缺

游离乡土，六载未遗

移迁跌宕，适则可止

挽期故旧，人浮事单

风情尤存，怀乡情甚

重逢拾伍，孤心壹人

仰望明月，吟《静夜思》

思生情里，由念故里

故里故里，家里家里

读环日

新年初月天眼开
只观世间真情怀
乌阴寒冻皆散去
只为环日一时来
春秋万代吉天象
日月同行归沧海

真像

我家新房有幅像

位在对窗正中央

坐北朝南然自得

喜怒哀愁他坦荡

四季变化天无常

他在其中自打量

天涯

目前耸危崖
云角露云霞
雾层如楼阁
足下即天涯

秋叶

夏情点秋枝
蝴蝶绚温情
野花承着陆
蝶儿曾未动

菩提达摩

临缠菩提树

叶浸菩提根

双拾菩提势

摩达菩提心

轮渡东江

寒风垂缕挂舷帘
劳工散慢歪凳板
船声振吼起白浪
粼光无限呈艄前

寒风至

忽来一夜寒风至
才晓冬季倒计时
似帚扫去云混天
重振旗鼓过清年

梅花

独矗飞雪早寒中

默然春风吹又生

身处烂漫无处藏

她在丛中何处笑

珠江舶头

大好河山壮万里

缥缈穹烟千重宇

悠扬琴箫飘萦耳

恰似仙女飞彩衣

望天

颜色花篮情默默

庄严花园风瑟瑟

如日中天朝朝起

红装素裹又一轮